Bert Papenfuß-Gorek  **tiské**

BERT PAPENFUSS-GOREK **tiské**

**STEIDL**

# INHALT

| | |
|---:|---:|
| zum gleit | 7 |
| süßer odin | 8 |
| exoterische zengoladengo sapiens sapiens | 9 |
| gefühl, kalkül & gebet auf den schwingen des kleeblatts | 10 |
| imagining the „salzfust arms" | 11 |
| soz.pol.ök. | 14 |
| wieder aufsehen, | 15 |
| exegese des guinnessis-glaubenssatzes „trinkend bin ich" | 16 |
| das sperrig bohrende vergrübeln der übertölpelung | 17 |
| die treudoovier | 18 |
| wortschläge | 19 |
| albanien an der elbe in hyperbeln | 20 |
| jammer, jammer über alles | 21 |
| felsenfeste danksagungsverschaukelung | 24 |
| ouroboroid | 26 |
| promenade zu fungi, eumenide diskussion & kanalisation | 27 |
| schlehe niederungen des nimmeren | 28 |
| drom | 29 |
| fugnisse des reismus & der reisigkeit | 30 |
| ledriges kilogemetere | 31 |
| die löwe des hohlen | 34 |
| der einzigste & seine eigentümlichkeit | 35 |
| mit abgeartetem male | 38 |
| mitschrift eines schönen ausblicks | 39 |
| achill island überbauten | 42 |
| achill island überbauten | 43 |
| anschauung & verstand | 44 |
| zur westandacht | 45 |
| frieden kriegen indem | 48 |
| zicken, sagen die böcke | 49 |
| keilter schwaß | 52 |
| medienmett | 53 |
| milchmädchens langer marsch in die konterprovokation | 56 |
| dichter zerfallen | 57 |
| ausflug | 58 |
| „...gleich mal aufschreiben:" | 59 |
| report de luxe | 60 |
| soziale marktmonarchie | 61 |
| daddeldu auf den leidenslauf | 64 |
| bessere gesellschaft | 65 |
| schlaffahrt in den knick | 66 |
| strafe macht frei, disziplin steht in's haus | 67 |
| juno julei november | 68 |
| ihr seid ein volk von sachsen | 69 |
| dusel | 72 |
| die zuheit der vergangenkunft | 73 |
| liebe in rasanz | 74 |
| selbstrede | 75 |
| ich | 76 |

*zum gleit*

wir schreiben

im beginnen orginär,   im fortlauf orginell
über'n berg ordinär,   zugrunde gar nicht mehr
überlebend kreuz & quer,   sterbend rückwärts;   tot von vorn:

süßer odin

der du hangest
im antlitz des windes
& ausspucktest
in's flüstern
abgebogenen liebesgenusses
wie du da rumhingst
inne kaschemme
voller todfeinde & vorfreude
& mitte dritte zunge
die häuser der großen stürztest
befestigte städte niederrissest
salbad & labsal mengtest
& viel volk zerstreutest
mitte hucke voll liebe
bezüglich des aktus jedoch
ist ungeschminktheit weiß gott
nicht schon ehrlichkeit
geschweige reinen herzens
streutest du ein
schwerlich
ändert sich der mensch
doch dann
befällt der himmel sein haupt
& er zerstreut sich selbst

*in memoriam samuel beckett*

**exoterische zengoladengo sapiens sapiens**

und das wort war im duden gut aufgehoben
  & drauf & dran den schlüssel zu entziffern
    doch dann brach es unter mitnahme der stein-
      & knochenartefakte aus dem vogelherd plötzlich auf
der pfad des todes zur linken der weg des lebens
  auf der anderen seite dolchte der sprosser
    mitten aus der peripherie herausgeheckt
      tummelten wir uns in schotterflur & lößgefild
gravierungen mit vermutetem symbolgehalt
  wiesen uns den weg abzuheben loszuleben
    saß uns vorwitz auf, wir waren so frei
      wie die heranfliegenden raben von gönnersdorf
fischwaid, hyänenhatz & vogeljagd nährten uns weidlich
  die unser überleben sichernden frauen von willendorf
    tränkten uns mit bier & gaben uns aufschluß
      überrennen werden die armstarken schnurkeramiker
die träumenden trichterbecherleute der tundra
  eine urnenfelderkultur wird alles überziehen
    an günstigen geländestellen werden wir vereint
      mit unseren undokumentierten zeitgenossen nördlicherseits
befestigte höhensiedlungen errichten
  wohl gegen die wendegeister aus den bimsaschen des alleröds
    & die haarsträubenden kinder von traurigkeit aus dem frühwürm;
      wir wollen nicht darauf zurückkommen, schloß das wort
& die linkselbischen jungpaläolithiker
  des spätglazials spielten weiter

**gefühl, kalkül & gebet auf den schwingen des kleeblatts**

souveräne herren im reiche des äthers
    mit der bloßen phantasie
        als sauteure kontaktperson
            wie frau von staël so oder ähnlich verschwieg

das schwarze loch, wie es ist, mißfällt uns
    & ebensowenig verstehen wir, ihm zu gefallen
        darum wählten wir ja die zurückgeborgenheit
        & in dieser die freiheit

die einkehr, so sehr sie einkerkert
freiwillige sind legitime ziele
    wie die pop-soffie so oder ähnlich
        in die gosse der entzweiflung brüllte

die friedensbewegung rumgemache des klassenfeindes
    humor ganz & gar nicht paramilitärisch, poesie
am morgen; kummer & sorgen, schwarze löcher
    wasser & wasserdampf, mein beinernes ich; laß mich

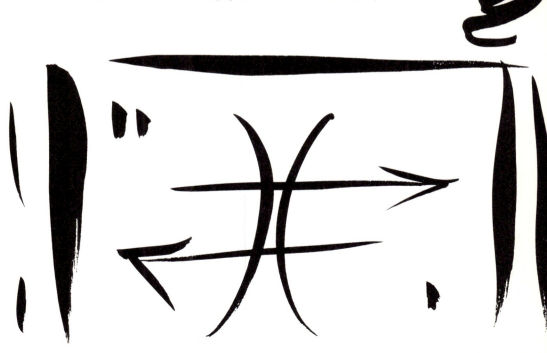

**imagining the „salzfust arms"**

but it was geschlossen, wasn't it tartanumwrungen
hingeflezt der salzfust höchstselbst, die dinnerhaube
behütete ihn, sein ureigener keltenspieß beschirmte ihn

seine zwangskarierten diener, semitischer abstammung
so zumindest spuckte der geschäftsführer nasewohlweis aus
umschwirren ihn kesselschwenkend ablenkend, denkend lenkend

rumaasend mit dem weißen gold des salzkammergutes
wird er im vorfeld fett gefüttert mit „hallstatt caviar"
sprich; frischen fischeiern auf toast mit sauerkrautsalat

aus dem hallstattersee hält der hauptgang einzug
orelle, hecht, reinanke, azrote, strandwildschwein
sandbankschweinebraten, unterwasserhuhn & pinguinohr

mit birnen, äpfeln, kräutern & gewürzen unterlegt
    pfeift er sich zum feisten ende noch unentwegt
        eine volle portion salzburger nockerin rein

damals seien die winter milder gewesen
    erinnert sich der lederbehoste gewährsmann
        von norman dem blitzmähnigen blondreporter

kampfschweine hätten in den wäldern gehaust
    & auf lugs geheiß quieckend die ernte umzingelt
        vor sechsundzwanzighundert sonnenrevolutionen

    auch malochten jetzt mehrheitlich protestanten
in den minen, aber kelten sein sie alle, salz-
fressende säufer, & hießen mindestens sepp


über die gesalzene schere gekämmt

**soz.pol.ök.**

salzatmer seien sie gewesen, versicherte pökelgesicht
hätten tümpel angelegt, die alten salinenhechte
in jedem kaff, & matschkuhlen in jeder bude

die klammheit hätten sie nicht missen müssen mögen
neben bechern bitteren metes seien salzstreuer gestanden
& meterdicke fischschwaden hätten dicht über ihnen gehangen

die zuckerleckerhatz sei ihnen ihr insonderes pläsierchen gewesen
& in mehlschwitze hätten sie die langen traurigen wah-wahs verbraten

*wieder aufsehen,*    never mind the vae victis
verfl.eiße, entsch.;    der klacks schlurft um

ein entfernter verstorbener    inne pupille ersterbenden
erstbesten, das hervorsticht,

                        moron, modron & furor
die gallionsfiguren der vision,

                        grün, grau überdacht
übertroffen überschlafen,    die erinnerung überprüfen

bedacht überdenken,    das erinnerte überprüfen
vorsichtig vorhersehen,    um einen fund zu schließen

**exegese des guinnessis-glaubenssatzes „trinkend bin ich"**

dünner als andere
    erfettend dümmer, frecher erbrechend
        „brecht darin ähnlich" bechernd; herzumkrempelnd
            blechern scheppernde karessen in kulissen, die abdumpfen

kühler als andere
    hatte ich keine angst vor ihrer dunkelheit
        ich wußte was gut für mich ist
            & nur für mich

& sonst niemanden
    der jemals in der welt gewesen
        noch ist, oder auch, wie ich dafürhalte
            wird sein können

**das sperrig bohrende vergrübeln der übertölpelung**

**das mittel heilige     einerseits die zwecke
& andererseits die anfechtbarkeit     allen mittels
& daß man's jenem     tief unten in der butter
schwer anrechnen wird     & nicht etwa hoch
nach meinem ermessen     zu meinem ergötzen
ist das hinüberführen     des zweckdenkens
ins tiefgraben,     das hoch hinaus will
die andere seite     des großmannsideals**

**die treudoovier**

**oben im dichten, dornigen gestrüpp
der wortlosen sümpfe & niederungen
leicht erregbar sowohl als auch entzündbar
sonst aber, wie ihr name andeutet, treuherzig
mit keinem anderen rüstzeug als ungestüm
& ohne jede überlegung im offenen kampf
niederringend die klimatischen unbilden
mit kamille nur mit mühe, & mit myrrhe**

**wortschläge**

wach hielten uns der thermoelektrische antischlaf
& die heilende luft der salztherapie
spezialisten des ewigen eises übertrafen einander
mit radioglaziologischen experimenten im vorfelde
das hochleben liebend, erlitten wir ein paradebeispiel
des gefühls keinen gefühls, das nachläßt
vorbei driftete eine prunkjurte mit eisgängigem wulstbug
& aufgepflanztem astgabelidol, aufträge winkten uns
salvange schwangen ihre praxen, lurlten einen tuck
schlugen die tasten, zettelten ein denken an
& redeten dem leben das machtwort laut hermann kant
feige ermordet, hieß es in der reihenfolge
bei der rückkehr aus dem urlaub ermordet
heimtückisch ermordet, meuchlings ermordet
bestialisch ermordet, kaltblütig ermordet
durch schüsse in den rücken, heimtückisch erschossen
hinterrücks erschossen, heimtückisch & hinterhältig ermordet
verstarb an den folgen des überfalls, kaltblütig erschossen
hinterrücks getötet, während seines dienstes ermordet
fragwürde, trauer & hohnspott prallten ab
von den bollwerken des wort»reichtums«, die uns galten
es mit suworow halten; keine frage beantworten
aber das irgendetwas mit dem tode nicht stimmt, stimmt

**albanien an der elbe in hyperbeln**

wenn die schnauze proll ist
   & die jacke stockenprall
      koppheister einen hechter
         in den proppenvollen kanal

brennende brücken hinter euch
   peiker in den köchern vollauf
      mit kommodenlack überträufelt
         die nationale fernsehtragödie

gelächter steigt auf, empört sich
   & another round of schnapps goes down
      warme semmeln, beknackt wie bemme
         stulle, stulle & nochmal stulle

trotz aller dattel kann ich
   nicht die bohne rauskriegen
      was paßhoch fahneschwenkend
         in den waffeln vor sich geht

aber ich befürchte es haargenau

**jammer, jammer über alles**

ihr gutes faust- & kolbenrecht & ihren kampfes- & todesmut
haben sie in den delikatessenläden gelassen, die androhung
des strohtodes verwackelpuddingte ihre knochen & ihr fleisch
weiß gott nicht in die welt gekommen, um spaß abzukriegen
listeten sie ihren ureigenen übertölpelern die geheimnisse
& regelwerke des schlemmens & des bankettierens ab
& die des beilagers in großer pracht, tja
**VIELE SCHEUT DAS SCHICKSAL, UM SIE ZU STRAFEN** so zum witze

felsenfeste danksagungsverschaukelung

eine horde ambulanter patienten
    überkam die glatzklare vorahnung
        einer anstinkenden mißfunktion
            der angesagten synonymen tricks

die langsamste aller uhren
    ließ die blonden jalousien runter
        schlingernde bachen & schleiereulen
            stoben auf aus existentieller not

blöd zum himmel, fusel
    & rhythmus im höllenfeuer
        zitronen, fische & mare
            purzelten ins paradies

gegrillte häretiker
    schürten den aufruhr
        mit der träume macht
            schwarzem samt & seide

urdmond im blutregen
    glühwurm im suchschein
        die feiste matrone zersägte
            schlafwalzer auf dampframme

die von ihren kolkrabenmüttern
    schlechtgefütterten gipfelstürmer
        verabschlachteten sich von all dem
            was je ins gewicht gefallen gewesen

die gläubigen der heimlichen welt
    wurden auf den dorfplatz getrieben
        das wort des einwalts & der ernteminister
            stockte, hinkte & wurde nur so gebrochen

der kleine aquatische
    koalierte mit dem gefühligen
        spaß haben, hieß es, abkauen
            oder der fisch würde kartätscht

die niederschmetternden obmänner
    der betäubenden söhne der wüste
        obsiegten der nonkonspiration
            & wogen die höhe des thursen

ein orkan flammenden glimmens
    überzog das organ des oktobers
        mit einem rauhreifen präservativ
            geschwindigkeit griff das herz an

die folgegeister kamen nicht nach
    verfickt euch, ihr arschlosen pisser
        bölkte mit knapper not ein spleißer
            & trug eulen in die jauchende traufe

verjungfräulichte backpflaumen
    stocherten in der kartoffelproblematik
        junggesellen wurden ohne nachsicht rumgereicht
            ein nachsehen folgte eins ums andere auf verzeihung

der martello tower ragte & sabberte
    morrigan besorgte das fehlende glied
        irgenddas passierte! zurück zum start
            das war zuviel für das blasse mannsbild

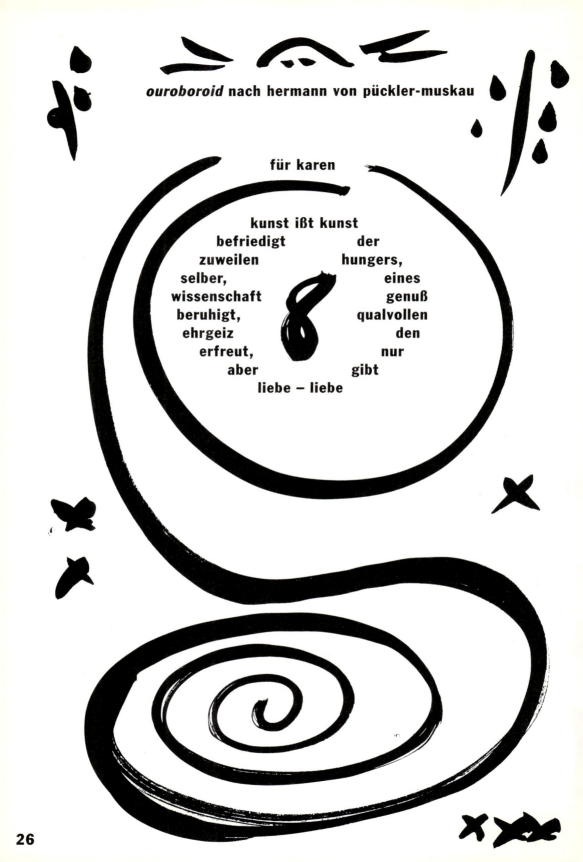

### promenade zu fungi, eumenide diskussion & kanalisation

kühe, kühe, kühe; kuhfladen   & huflattich, nehm ich an
& brombeeren, das tor des ruhms   versank hinterm gerank
brollachan & buhmann   kuschelten sich in basaltsäulenbruch
rechtsrheinische & cisalpine   wunschverwurstungen wuselten
zurückhaltung & unprofessionalität   stunden auf der tabula
drogen, die mich trogen,   liebe auf den tod hast du angedroht
doch ich möcht es nicht wohl leiden,   sterben will ich selber
gehetzt von einem geschwader   mediengewiefter bauernfänger
schnappte der schnappsnasige säuger   dreimal nach luft
sein überschnappender höllenhund   strollte auf sturmwacht
& wir holchten bed-&-bullet-wärts   in irgendein inn rin
denkend ein jedes, es würde mehr geben,   als es empfängt
& dieser verlust   sei das sogenannte böse in der welt
das sich nicht irrt, irrten wir;   keinerlei zweierlei
keins, nichts, kaum noch nichts:   ruhe im erlicht

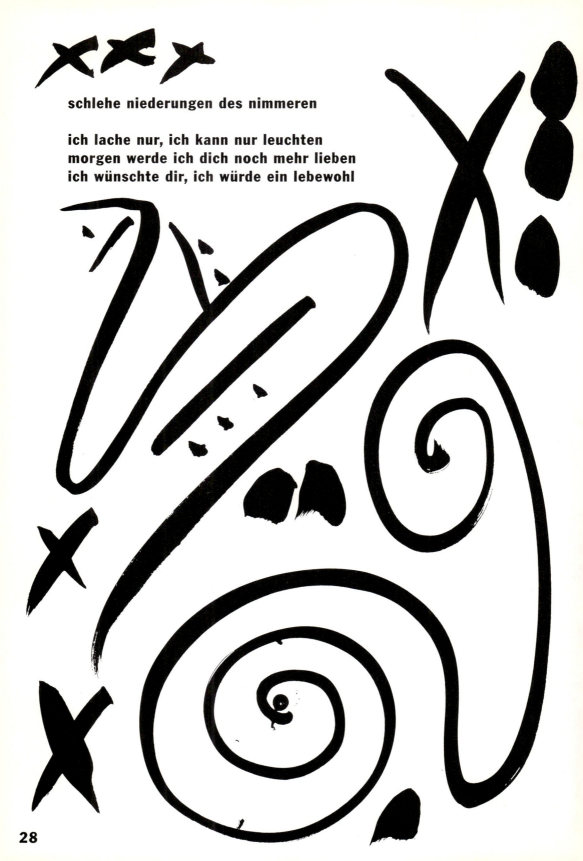

schlehe niederungen des nimmeren

ich lache nur, ich kann nur leuchten
morgen werde ich dich noch mehr lieben
ich wünschte dir, ich würde ein lebewohl

**drom**

wutbrütend   im zuschiß
     fürbittend,   umblätternd
          fürbringend,   begreifend
               erinnernd,   übersinnend

wo bin ich,   woher komme ich, mit wem
     kommuniziere ich   warum, keine angst
          wen töte ich,   kein wort, gartenlaube
               kein plot,   keine unmöglichkeit, kein

**mord**

fugnisse des reismus & der reisigkeit

dogmatisch in ohrenbetäubnis
   das geflüstere entschlüsseln

aus dem dicken reismus
   haben wir heute die kraft
      morgen aber keine lust mehr

doc martens in kaumhörbarkeit
   die betäubnisse beiseiteturteln
      einen ramschladen nachplappern
         einen waschlappen durchwalken

& in aller reisigkeit
   blanktum blankheit oder
      umgekehrt entgegensetzen
      keine anschauung erhören
         nichts walte, noch vergehe

ledriges kilogemetere

blonde mähnen, KPDMLSD, gipswassergesträubt
des kybers greinen, jakroto kritj, der fürze chaos zirpt
gold, mennige uff jold, jotkiz schlugen meine zähne in den rochen

wer fürze frißt, schnallt's, schnallt ab
& ellef bjokroi zweipp; du bist, verfickt nochmal, flatlined
die kellnerinnen rennen mit kotzbecken rum, totally brechted out

skrupelwittchen, um die ecke deucht mir tara
idwiriworik nicht du des heineken-budweiser-harp-lager-
foster's-guinness-preisausschreibens hjeld dillakfish fjüll wleff

in turuf finsk, pudelmütz', ledermontur
guns'n'roses, arts'n'crafts, ornament & erbrechen
und & und, alle jahre wechselt die belegschaft der reihe nach

die pleiße, die boyne, new grange, der ararat
das st. patrick-barbarossa- & das völkerschlachtdenkmal
wie sie die titten durchdröhnen & scheppern in den heldenbrüsten

hier in drogheda mit den hsdreun heiligen kuhställen
reißen eidbrüche auf, effid weichen tische voneinander
mißverstandenerweise unverzeihlich unverständlich unterwandert

      die löwe des hohlen

   zeit zubringen, nach hinten losgehen
harren, starren & nochmals blarren
das leben überhaupt aushalten

   wir können uns
kein bild machen
soweit wir wissen

   gleichsame adeptinnen
verwandeln sich im winde
ausharrende busse fletschen

   das unwesen koff sich 'ne blechpfeif'
& blies herzsträubend 'rin
die löwe des hohlen

   das grab der drei söhne des guten
unterschlupf auf der liebeshatz
in den die tiefste sonne fällt

   & es geschah was geschah
geschehe geschenksal
götzengebenedeit

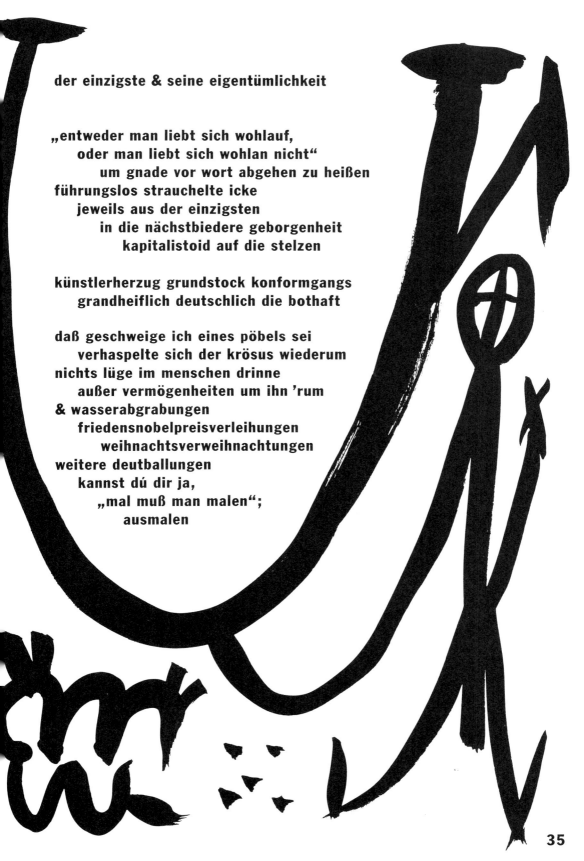

**der einzigste & seine eigentümlichkeit**

„entweder man liebt sich wohlauf,
    oder man liebt sich wohlan nicht"
        um gnade vor wort abgehen zu heißen
führungslos strauchelte icke
    jeweils aus der einzigsten
        in die nächstbiedere geborgenheit
            kapitalistoid auf die stelzen

künstlerherzug grundstock konformgangs
    grandheiflich deutschlich die bothaft

daß geschweige ich eines pöbels sei
    verhaspelte sich der krösus wiederum
nichts lüge im menschen drinne
    außer vermögenheiten um ihn 'rum
& wasserabgrabungen
    friedensnobelpreisverleihungen
        weihnachtsverweihnachtungen
weitere deutballungen
    kannst dú dir ja,
        „mal muß man malen";
            ausmalen

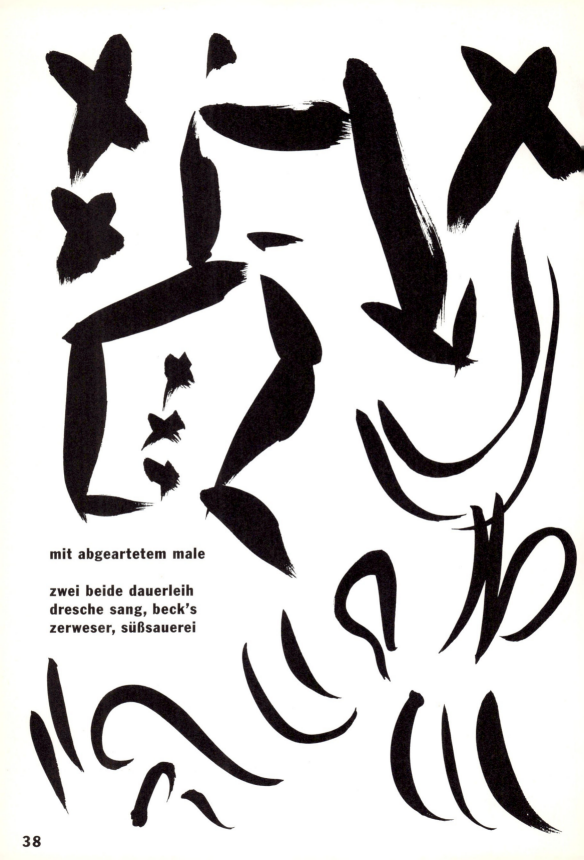

mit abgeartetem male

zwei beide dauerleih
dresche sang, beck's
zerweser, süßsauerei

**mitschrift eines schönen ausblicks**

die frühe raumdiskussion steigerte sich
   in die erfindung des linienkreuzes hinein
     die standrechtliche festlegung des mittelpunktes
        in tateinheit mit der hochadjektivistischen
           ehrfurcht vor den zirkumpolarsternen
              führten folgerichtig zur entdeckung des südens
kultisches feuerbohren, das anbringen von einkerbungen
   & schlagmarken an den akkumulationseinrichtungen
     & das nebeneinanderlegen von schädeln & sphäroiden
        sind unzweifelhafte zeugnisse der ungebrochenheit
die überall herumstehenden finsternis-computer
   waren nur die lokalen eschatologischen zentren
natürlich gab es aufzeichnungen
   & in späterer zeit übertragungen
     dieser aufzeichnungen in bücher
        doch die dänen in ihrer blutfülle
           ertränkten diese mondänen bücher
die zugangsorientierung der akkumulatoren
   beweist, wie ihr vielleicht nachfühlen könnt
     die enge verquickung von toten- & gestirnskult
        mit jagd- & liebeszauber
in den flammenarmen der sonnenfrau
   erlosch das lebenslicht des untergangs
     mythengemulme, murmelte ich
        die feldstärke unserer schlaflosigkeit
           bewirkte dann die jeweilige wiedergeburt
              denk doch nur mal an dich selber
lange wirst du nicht schlafen können
   & noch länger nicht wach sein wollen

**achill island überbauten**

ständer in der erzwölbung
der schnippisch gleißenden
goldene aare auf abwinden
zwizentralen einherierfurors
of hugo the very „jahrhundertsturm"
wehe dem besenkten da vorne
& seiner schwester, die schien
auf die säulen des hauptportals
dieses durchtrieben schimmernden
der tiefsten blauheit
blühten amethyste
fluchtwasser cumulierte
in die baumwollweißheit
über dem bereiten sunde
die pfeiler des übergewölbes
des kokettest glitzernden
ein streif purpur
lag auf dem hochmoor
quer durch buchten juchtende
sendboten enträtselter vorzeit
eis aus dem all in den kalauern
metall aus dem nichts in den klauen
verübten das einsammeln der steine
die träger des venusbuckels
das schalkhaft flirrenden
schlecht als recht den „geschlektakt"
fantome, fantasien & fanatismen
fünfzehn scherzend johlende männer mindestens
& wenigstens zwei herzend buhlende frauen
haben teil an der zeugung
des rülpsenden siebten sohnes
eines furzenden siebten sohnes
der die hand auflegt
& die basis zusammenstaucht

achill island überbauten

ständer in der erzwölbung
der schnippisch gleißenden
goldene aare auf abwinden
zwizentralen einherierfurors
of hugo the very „jahrhundertsturm"
wehe dem besenkten da vorne
& seiner schwester, die schien
auf die säulen des hauptportals
dieses durchtrieben schimmernden
der tiefsten blauheit
blühten amethyste
fluchtwasser cumulierte
in die baumwollweißheit
über dem bereiten sunde
die pfeiler des übergewölbes
des kokettest glitzernden
ein streif purpur
lag auf dem hochmoor
quer durch buchten juchtende
sendboten enträtselter vorzeit
eis aus dem all in den kalauern
metall aus dem nichts in den klauen
verübten des einsammeln der steine
die träger des venusbuckels
des schalkhaft flirrenden
schlecht als recht den „geschlektakt"
fantome, fantasien & fanatismen
fünfzehn scherzend johlende männer mindestens
& wenigstens zwei herzend buhlende frauen
haben teil an der zeugung
des rülpsenden siebten sohnes
eines furzenden siebten sohnes
der die hand auflegt
& die basis zusammenstukt

anschauung & verstand
   wohl wahlverwandt
      von geisterhand
         so immanuel kant
      bevor ihm heidenhand
         das weidenband
            ums bein wand

jeder hat mich sich selbst
   am längsten zu wandeln
      & sein bewenden dabei
         so thorketil sans phrase
            bevor ihm der auswurf
               abfall
               abhub
            aller klassen
               den letzten
                  brautlauf hielt
               & das echt eichene
                  erbbier trank

zicken, sagen die böcke

führt euch nicht so auf
    wie göttinnen

benehmt euch nicht so daneben
    wie götzinnen

die immer noch einen draufgeben
    wie ballergötzinnen

müßt nicht immer so müssen
    wie stockenballergötzinnen

die auch bloß pissen
    während wir doch wissen

führt euch nicht so an
    wenn ihr doch bloß wollt

was euch niemand verwehrt
    bleibt allein euer problem

**keilter schwaß**

auf den knochenkiepenlangen
  aschblond-graugrünen
    schwarzrotgoldenen schenkeln

von marina-sonja-goldina
  verschlägt dem unverzagten
    von reuental, genannt frauenlob

doch glatt ein beschreibendes begriffspaar
  das beileibe noch leibeigen bliebe
    & untröstlich links liegen

imperien brechen kein klitzewort zustanderade
  brich doch deine sehnschwülste aus
    & gemarschmusizieret werde deine not

hoch im winde schaukelnd
  klotzt mitleid noch grausamkeit
    mit vollem bein & bewußtsein

& ich dachte, ich sei der kwisatz haderach
doch dann wurden die grenzen aufgemacht

dichter zerfallen

in orgeldreher & kritzelbuben
    galeerenschleifer & scherenflicker
        es gibt hervorragende hofbarden
            & in der gosse auch idioten

das herz verstockt zu hofe
    & überschlägt sich auf der anderen seite
        man kann mit dichtern rechnen & sich verhauen
        man kann nicht auf sie reimen

jach wechseln fronten & pfründe
    derjenige im widerstand
        ist nicht notwendigerweise immer
            so penetrant draußen vor der tür

der abfall eines staatsdichters
    macht ihn nicht unbedingt besser
        elend ist nicht jedermanns sache
            & fettlebe natürlich auch nicht

dazwischen lauern abgründe
    von langeweile & mittelmaß
        die wahre springborne sind
            pulsierenden quatsches, zuckender öde

gähnender kunst beidseitiger kluft
    & individualkollektivistischer allumarmtheit
        was red ich; wozu jedoch, weiß ich, zur frau nochmal, nicht
            & will es wohlan auch nicht, zumindest nicht preisgeben

ein zerschellen überzog die öde wie ein mann, dichter

ausflug

    dem kultschacht des standardarsenals
        über & über gerade noch so entkrochen
           huben wir davon ab mit dem heckenhüpfen an
              „ich faste, um mich angela anzuschließen"
zischelte der diensthabende verlegenheitsdaus
        rumfeilend an irgendwelchen klangdiamanten bzw. -kloppern
           das schmalz des schmirgels söß durch die lüste
              & bremste meines politrocks tiefen fluch
alles spannte, nichts knickte
        grundsätzlich besonnen drohte der grüne mann
           bedrohenswerte zivilisten raschelten im sturm
              bedrohlich bockte die zentrale & wir kamen auf den dreh
rausch & schweiß bekämpfte ich einigermaßen
        mit rauch, äther & eis
           „kesseldruck auf vordermann"
              krakeelten blind lemon juice & nigyrd o'flachmann
„ob wir hoch am galgen baumeln
        oder auf dem schlachtfeld taumeln"
           & wir sößen & sößen & sößen
              wild durcheinander in eine sackgasse
typisch frühreifer oktober
        mit aller überdrehtheit anberaumten novembers
           „alle wetter" raunten wir einander zu; „potz blitz"
              wurden wir gepißpottet mit allen schikanen: kamen

& entkamen gut an

„ . . . gleich mal aufschreiben:"

die heide wackelte,   ihr wart das volk
ich wurde skeptisch,   im verschütt waren wir zweinig
„geile böcke die schließerpisser,   echt zum anlutschen & ausspucken"
„männer! wie steht's"

        „titten raus, ihr tiere"
„steck ma'n arsch außet gitter,   gleitkuh nummer elf
komm ma uff klo,   zweihundertfünf will wat von dir"
„ick will nach hause",   „wir bleiben hier",

           auf freieren füßen
stakte ich ungemach   von schloß rummelsburg
via ostkreuz, denkend,   daß mich ein busen striff
ostbahnhof, tränenpalast   zum trimethylaminbunker
den ich hinter mir ließ;

     hier will ich ja bleiben:

aber wo

**report de luxe**

    für qeren

brocke grobereien,   egyptrisches trügen
knülle schächereien,   bullentum & vandalismus
schrumpfungen aufzukrempeln   ist die botschaft
   des heuwagens

wo wese ich, weß bin ich,   kehre ich in den kehraus ein
mach ich eine führungsrolle,   um das abebben wegzustecken
demoaufgekratztheit, alarmbereiztheit,   ich schleiße mich ab
   & begebe mich auf's insondere

ich schließe mich ein   & gebäre mich in's außergewöhnliche
allgegenwärtigkeit in vollen hosen   ist das kreuz der zeit

## soziale marktmonarchie

jetzt wird hier der sozialismus eregiert
   mit allem nachdruck des schleichenden gewissens
      & der verheißenheit des freien marktes
         teuer möchte man verkaufen, möglichst teuer

     meine persönliche abschnittsbevollmächtigte
    machtet ihr zur hochkönigin
   mit allem nachdruck
der verheißung

              fortschreiten möchte man
               & zwar möglichst fort

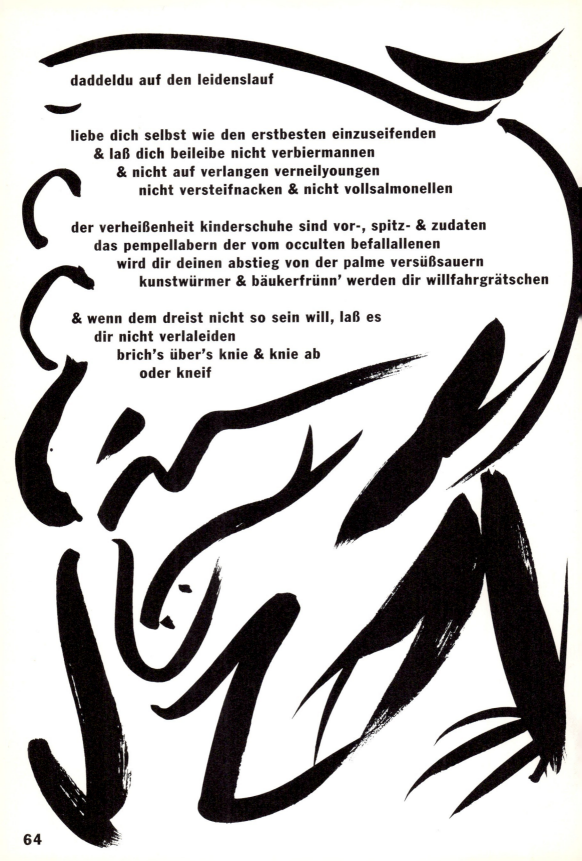

**daddeldu auf den leidenslauf**

liebe dich selbst wie den erstbesten einzuseifenden
   & laß dich beileibe nicht verbiermannen
   & nicht auf verlangen verneilyoungen
     nicht versteifnacken & nicht vollsalmonellen

der verheißenheit kinderschuhe sind vor-, spitz- & zudaten
   das pempellabern der vom occulten befallallenen
     wird dir deinen abstieg von der palme versüßsauern
       kunstwürmer & bäukerfrünn' werden dir willfahrgrätschen

& wenn dem dreist nicht so sein will, laß es
   dir nicht verlaleiden
     brich's über's knie & knie ab
       oder kneif

**bessere gesellschaft**

priemend, schmorchend, kübelnd
schwiegen sie vorwissend
bis zum abwinken
verrauchte der besserpisser
haßblut in den außenklos
als die zeit hochkam
rügte, rühmte & rülpste
ein hochspezialisierter barde
erläuterte ein weiteres mal
die strategie der tragödie
grübelns, abwägens & verwerfens
war kein ende, federfuchsens
& -wichsens nicht die bohne
nicht das geringste licht
deuchte sich auserwählt
eher gelitten & erquält
frugen sie sich betroffen
wer hat uns warum ersonnen
      männer,
an die man nicht rankommt
    frauen,
die hin & her überlegen
so gedachten sie
  ihrer gelynchten
    ihrer geschrapnellten
      & ihrer längerboycottierenden
witz am ende, vorwitz
aberwitz; kein ausschwiff
: keinerlei kniff,

**schlaffahrt in den knick**

schnickschnack bis zum geht nicht mehr
muß man verbrechen bis es geht, SCHLÄFST DU SCHON
abgewichste unrevolutionen taugen nicht den deut
den wir uns vorenthalten, die fassung zu wahren

plemplem pümpern wir rum, SCHLÄFST DU ÜBERHAUPT SCHON
abzudreschen was vernagelt, entzünden wir ein lichtlein
von unten auf, vom himmel hoch, die tassen, malträtesse
in eins nun, auf ein neues; *JA DOCH, HALT DIE FRESSE*

strafe macht frei,   disziplin steht in's haus

alle schleusen offen,   ob das alles noch ofen hat
die plejaden versacken,   die schlagbäume gehen hoch
das große mondjahr ist rum,   die kommentare sind übrig

die deutschen überschlagen sich,   legen sie sich zusammen
oder hauen sie sich in die pfanne,   bzw. den rest der welt
die untoten roten öffen die arme,   volksfest ohne erbarmen

jeder ausrutscher ein deutscher,   sektgaben, freibier & gratis-sex
nichts bereuen & alles obendrein,   dies ist der totale mumienschanz

**juno julei november**

die exilelfen der unbegrenzten möglichkeiten
verwandelten das kultspiel der machthabenden
in ein medienspektakel für die ohnmächtigen
& zwar mit der hochlogik des hexenhammers
glauben die schlucker jetzt, sie hätten
trotz oder gerade wegen der freudentoten
gewonnen, aber kultspiele gewinnt niemand
sie dienen dem ritual, dem unveränderlichen
wandelbaren, & wenn man so will, wunderbaren
anschiß, y'know, das ist das chaos der ordnung

ihr seid ein volk von sachsen


so november als nur möglich
    habt ihr euch mal wieder erhoben
        halswendigerweise aufgebracht
            von aufgewacht bis erwacht
                seid ihr diesmal aufgebrochen
                    euch aufgebraucht aufzurauchen
ich sehe es ja ein, ob nun
    sozialdemokratisch, nationalsozialistisch
        realsozialistisch oder nationaldemokratisch
            es mußte mal wieder sein, & siehe
                es ging seinen konformistischen
gründet ihr erstmal euer scheißvolk
    & ich dann den untergrunduntergrund
        in einem wahlweisen untergrundstaat
            der mir noch den kopf zerbricht
dieser text ist ein gedicht
    das für die vorantrift der bastardisierung
        sprich polackisierung, sprich regionalisierung
            sprich krautkrauterei spricht
                & zwar sprechend, sprich
ihr seid ein pack von fischköppen
    radebergern, nordhäusern, richtenbergern
        pritzwalkern, flämingen & wittstöcken
genausogut könntet ihr
    ein volk von nacktspeichern
        aus der traufe zu heben trachten

**dusel**

stinkende dünstlinge     ringen nach atem
zweifelhafte erfrischungen,     glühende bäuche
die ewigkeit der qualen     hat bereits begonnen

plumpsäcke der höllenfauna     brüten vor sich hin
mit frischer kraft     das labern abermals zu erleiden
asseln, ottern & nattern     würgen sich durch eingeweide

in nachdenklicher haltung verharrend
entstieg ich umgestülpt dem jungbrunnen

die zuheit der vergangenkunft

mit läuterndem krachen
noch eine viertelstunde
hinter die binde,   verflossene rufen sich wach
aus den schranken
die überwältigten sieger   des aufbegehrens
der lichtumflossenen bronzezeit
träumen sich ins kupfer zurück,   des ergrauenden morgens
schräge schnödheitskönigin
von meiner rippe abgetropft

aus des widerstandes geborgenheit
der ich so lang verlegen war
muß ich mich schön schreiben,   mit der belangfülle des lebens
steigt sein wegwerfwert
auf weitvordere nachvollzüge   in alle ewigkeit
von meiner warte aus
kein verlangen,   länger werden jetzt die tage
& die nächte auch
unblut pocht

**selbstrede**

wenn ich mich zu mir hin-
senge, -krakele, -krakeele, -quinkeliere
-brandschatze, -zucke, -spuke, -zuckele
& anhebe, die wahrheiten so hinzurelativieren
so daß das so wiederum nicht gesagt werden könne
kommt kommunikation auf, droht langeweile
reinschweigen sollte ich dir eins
& die kehrseite zurechtrücken
hätte ich nicht die hölle ausgebadet
& scheiße gefressen
vom sexe & ihrer rasanz
will ich gar nicht erst anfangen
solange hähne sich

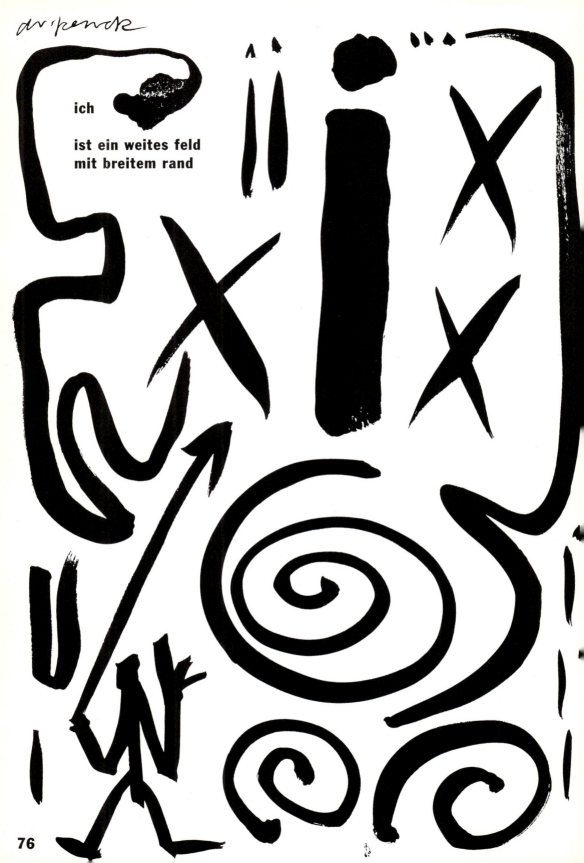

**Biographien**

**Bert Papenfuß-Gorek, geb. 1956 in Reuterstadt Stavenhagen, lebt in Berlin.
A. R. Penck, geb. 1939 in Dresden, lebt in Dublin und New York.**

1. Auflage September 1990,
davon die ersten 100 als Vorzugsausgabe,
herausgegeben von S. Anderson
im Steidl Verlag Göttingen.
Satz: Jech & Moeck, Berlin
Druck und Bindung: Steidl, Göttingen.
© Steidl Verlag Göttingen 1990.

ISBN 3-88243-161-X